BERNARD PALISSY

A SES CONCITOYENS

SUR LA PLACE OU L'ON DOIT ÉRIGER SA STATUE

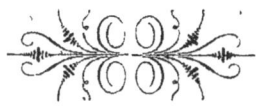

SE VEND AU PROFIT DE L'OEUVRE

Chez Alexandre HUS, imprimeur-libraire à Saintes

PRIX : *50 centimes*

BERNARD PALISSY

A SES CONCITOYENS

SUR LA PLACE OU L'ON DOIT ÉRIGER SA STATUE

SE VEND AU PROFIT DE L'OEUVRE

Chez Alexandre HUS, imprimeur-libraire à Saintes

PRIX : *50 centimes*

1866

BERNARD PALISSY

A SES CONCITOYENS

—◆—

Depuis trois fois cent ans bientôt que je sommeille,

Quel bruit venu d'en haut a frappé mon oreille ?

Quoi donc ! serait-il vrai que le pauvre potier

De la nuit du tombeau va sortir tout entier ?

On dit, — et ce récit a de quoi me surprendre, —

A l'amour des beaux-arts que, s'étant laissé prendre,

Mes chers concitoyens, par un sublime effort,

Ont de cinq mille écus privé leur coffre-fort ;

Et que l'arc dont Prévost a rajeuni le faîte.

De ses dix-huit cents ans doit m'abriter la tête (1).

Quand, modeste artisan, brisé par le travail,

Se desséchaient mes bras pour découvrir l'émail ;

(1) En 1843 et 1844, M. Prévost, architecte de Saintes, a démonté et reconstruit l'ancien arc de Triomphe Gallo-Romain dédié à Germanicus.

Pour prix de mes efforts, alors que, dans la rue,

Je subissais l'affront d'une longue cohue,

Ou que mon désespoir devenu délirant

Livrait mon dernier meuble au fourneau dévorant (1),

Je ne m'attendais pas qu'une lente justice

Dût me payer si haut ce faible sacrifice.

Ainsi moi que, vivant, attendait l'hôpital,

Je vais comme un grand homme orner un piédestal ;

Ainsi de l'ouvrier la somptueuse image

De ceux qui l'ont hué va recevoir l'hommage...

Mais, d'un pareil honneur mon esprit confondu,

N'entend pas l'accepter comme s'il m'était dû.

Au ciseau de l'artiste en livrant ma mémoire,

Je veux qu'au travail seul en révienne la gloire,

Et que, pour la cité, le nouveau monument

Soit un exemple offert, plutôt qu'un ornement.

Mais, chers concitoyens, accordez-moi la grâce

De chercher avec vous quelle sera la place

---

(1) Bernard Palissy nous apprend lui-même que les enfants de la ville le poursuivaient souvent de leurs clameurs; et que le bois lui ayant manqué pour chauffer son four, il avait fait brûler les planchers de sa maison et tout ce qu'il possédait de mobilier.

Où bientôt mon image, offerte à vos regards,

Ne soit pas dans vos murs une offense aux beaux-arts.

L'ai-je bien entendu ? quel est donc, sans reproche,

Cet hôtel décoré du surnom de la Cloche.

Où vous avez pensé que, sortant de vos mains,

On devrait me hisser entre quatre chemins ?

Voulez-vous, dites-moi, qu'à l'histoire infidèle,

Aux marmitons du lieu je serve de modèle (1),

Et que le voyageur, évitant le ruisseau,

De sa roue en tournant accroche mon manteau ?

Un autre, applaudissant à ma juste boutade,

Avec un œil malin me donne l'accolade ;

Et, sans plus de façon, s'attachant à mon bras,

Vers les vieux Cordeliers accompagne mes pas (2).

Sur un terrain qui s'ouvre en large amphithéâtre,

A gauche le Palais, à droite le Théâtre,

---

(1) On sait qu'à l'embranchement des routes de Pons et de Rochefort, se trouvent les hôtels de France et de la Cloche.

(2) Sur les terrains actuellement occupés par le Palais de justice et la gendarmerie, existait l'ancien couvent des Cordeliers, qui avait donné son nom à la place nouvellement convertie en square.

Au milieu d'un jardin que l'on vient de tracer :

« C'est là, dit-il, c'est là qu'on devrait vous placer.

» Voyez, la ville ici prodigue ses miracles ;

» La justice s'y plaît à rendre ses oracles ;

» De notre large cours l'obscure profondeur

» Promet à votre front l'abri de sa fraîcheur,

» Et puis, dès que la nuit aura tendu ses voiles,

» Vous aurez notre gaz et ses blanches étoiles

» Qui, traversant le pont sur le fleuve jeté,

» Eclairent de leurs feux le square projeté (1).

» D'ailleurs, n'est-ce donc rien que les grâces naïves

» De cent jeunes beautés fraîches autant que vives,

» Sur les fleurs du gazon, papillons dont l'éclat

» Rend moins sombre la toge où rêve l'avocat ? »

Ainsi donc, selon vous, je dois changer de rôle,

Et de simple potier m'ériger en Barthole... (2)

---

(1) Vers l'extrémité du Cours neuf, aux abords de la gare du chemin de fer, le conseil municipal a décidé qu'il serait créé un nouveau square.

(2) Barthole, fameux jurisconsulte.

Bien que, vrai huguenot, j'aimerais mieux, je crois,

Qu'on m'attachât au sol où domina la croix (1).

Me donner en pendant au Palais de justice,

N'est-ce pas des railleurs provoquer la malice ?

Les faubourgs qui, déjà, blessés de son orgueil

Jettent sur votre place un menaçant coup d'œil (2),

En voyant les faveurs qui toujours s'y répandent,

Quand ils n'obtiennent rien, inquiets, se demandent

Si l'on veut, par hasard, comme à l'hôtel Cluny (3),

En faire un muséum où tout soit réuni ?

En m'offrant du Palais le péristyle et l'ombre,

Croyez-vous des plaideurs que j'augmente le nombre ?

Douloureux souvenirs de mes beaux jours !... assez

Je payai dans le temps, hélas !... de pots cassés (4).

---

(1) La croix de la mission avait été érigée, en 1817, sur la place dite du Capitole, près de l'hospice. En 1830, elle a été transférée dans l'église Saint-Pierre.

(2) Les habitants des faubourgs se plaignent de ce que tous les embellissements de la ville se concentrent sur le quartier du cours.

(3) On sait que l'ancien hôtel Cluny, à Paris, a été converti en musée où se trouvent réunis les chefs-d'œuvre de l'art antique.

(4) Bernard Palissy nous apprend dans ses ouvrages que ses premiers essais furent tous malheureux et qu'au lieu de vases réussis, il ne retirait de son four que des débris.

Bien qu'assez peu conforme aux lois de la logique,

Ce facile argument demeura sans réplique.

« C'est que seul, en effet, à tout autre il répond,

» Dit un tiers orateur, mais traversons le pont.

» Là, sans qu'en vains détours notre course s'égare,

» Sur un sol tout nouveau, non loin de notre gare,

» Sous le regard ami du faubourg Saint-Palais,

» Je vous offre un ciel pur qui vaut bien un palais.

» Tenez, à vos côtés, c'est la vieille Charente

» Traînant en longs circuits sa promenade lente ;

» C'est, jusqu'à Malakoff, de nombreux peupliers

» Alignant leurs rameaux tendus en espaliers ;

» Enfin, pour achever la brillante peinture

» Du cadre où doit trôner votre image future,

» Au milieu des gazons que blanchit le muguet,

» Admirez devant vous les magasins Longuet.

» Comme un manteau tombé des mains impériales,

» De l'arc gallo-romain les ombres triomphales

» Couvrant votre front nu sous leur vaste contour,

» Sauront le protéger contre les feux du jour.

» C'est là qu'à tous les yeux, si mon œil y voit juste,

» L'œuvre de Taluet paraîtra plus auguste ;

» Là que vous recevrez les hommages profonds

» De tous les voyageurs se rendant aux wagons. »

Si j'avais aux passants, sur la place publique,

A montrer les produits sortis de ma fabrique,

Celle que vous m'offrez me conviendrait, gratis,

Pour mettre en tout leur jour mes pots grands et petits.

Mais songez que le four où mes œuvres sont nées

N'allume plus ses feux depuis trois cents années,

Et qu'on pourrait à peine, avec beaucoup d'argent,

Se procurer un plat de l'artiste indigent.

Cette place d'honneur où votre voix m'appelle

Convient mieux aux Barons, enfants de la Chapelle,

Artistes saintongeais, fiers de vous étaler

Des vases que pour eux Limoge a fait mouler (1).

Oui, chers concitoyens, notre *vieille Charente*,

Ses *nombreux peupliers*, sa *promenade lente*,

La *gare*, *Malakoff*, le *faubourg Saint-Palais*

C'est bien beau tout cela; je le concède, mais

---

(1) Les deux frères Baron, issus de la Chapelle-des-Pots, possèdent à Saintes un vaste établissement de vaisselle et de poterie. Ils ont joint à leur commerce la vente en gros et en détail des porcelaines de Limoges.

Mon ombre, en soulevant la pierre sépulcrale,

N'a jamais exigé de pompe impériale ;

Et, d'ailleurs, trop d'éclat, trop de lumière nuit

A qui sort du sommeil de l'éternelle nuit.

Oui, de Germanicus le monument illustre,

Sans doute, à mon image ajouterait du lustre ;

Mais je crains, au moment où je dois triompher,

Que ses dix-huit cents ans ne viennent m'étouffer.

Puis, je vais m'attirer une fâcheuse affaire,

En voulant usurper la place à Bassompierre...

Ainsi donc, croyez-moi, laissez au vieux marquis

Le poste qu'en ces lieux ses travaux ont conquis (1).

Voulez-vous, maintenant, voulez-vous bien connaître

La place parmi vous où j'aspire à renaître ?

Au bout de votre quai, sur la rive avancé,

S'ouvre un large terrain en triangle tracé.

Des ormeaux, des tilleuls ombrageant sa surface,

De leur triple rideau l'encadrent avec grâce.

---

(1) M. de Bassompierre, évêque de Saintes, avait fait ajouter deux arches à l'ancien pont. C'est en souvenir de ce fait que son nom a été donné à la place qui s'étend aujourd'hui entre l'arc de Triomphe et le nouveau pont.

Là, tout se réunit pour le charme des yeux :

C'est le fleuve à vos pieds au flot silencieux ;

Plus loin, c'est le tapis d'une immense prairie

Couvrant de pourpre et d'or sa pelouse fleurie.

Là, du matin au soir on respire un doux air,

Pour tout dire, en un mot, c'est votre place Blair.

Tel est le lieu charmant où, pour être bien vue,

Je voudrais, par vos soins, qu'on dressât ma statue.

Il est vrai que ce lieu, comme un nid abrité,

N'est pas des voyageurs tous les jours visité.

Mais à celui qui vit du pain fort de l'étude,

Un peu d'isolement plaît assez d'habitude ;

Et, quand on a dormi du long sommeil des morts,

On désire la paix, non les bruits du dehors.

Je sais bien qu'aux grands jours de votre Saint-Eutrope,

Cent baladins, sortis de cent coins de l'Europe,

Hommes, femmes, vieillards de leurs cris agaçants

Pour mieux les arrêter, assomment les passants.

Ces clameurs, me dit-on, vous paraissent peu dignes

De l'honneur que je dois à vos bontés insignes.

Pourtant, je l'avoûrai, dût-on s'en offenser,

Ce tumulte n'a rien qui me puisse blesser.

Parfois, avec plaisir, je me mêle à la foule

Qui va, vient et revient, qui se heurte et se roule ;

Et puis, au souvenir de mon ancien métier,

Ma main aime à sentir la main de l'ouvrier.

Mes chers concitoyens, je vois qui vous arrête :

Vous voulez conserver votre vieille conquête ;

Vous le voulez ? — allons, je propose entre vous

Une transaction qui nous convienne à tous :

On prétend que la bourse où votre argent résonne

Ne rend qu'un faible son... Eh bien ! que la colonne,

Suppléant, au besoin, à l'avare métal,

Renonce à son tambour et soit mon piédestal... (1)

Sur ce bloc élevé, toujours simple et modeste,

Je chercherai de l'œil aujourd'hui ce qui reste

De la pauvre maison où le pauvre Bernard

Jeta parmi les pleurs les germes de son art.

Comme dans mes vieux jours, je prêterai l'oreille

Aux chants des *oiselets* que le matin éveille.

Sans doute le ruisseau qui sort de la grand'font

N'aura pas oublié son antique chanson ;

(1) Un véritable tambour sert de couronnement à la colonne qui se dresse au milieu de la place Blair.

Il me dira peut-être où sont les *Aubarées*

Dont ses rives alors étaient toutes parées,

Et, comme les chevreaux, ce que sont devenus

Les *conils penadants* que je n'aperçois plus (1).

E. GIRAUDIAS,

*Avocat, membre de la Commission
pour l'érection de la statue.*

(1) Voici ce qu'on lit dans les œuvres de Bernard Palissy :

« Pour me récréer, je me promenais le long des aubarées, et, en me prome-
» nant sous la couverture d'icelles, j'entendais un peu murmurer les eaux du
» ruisseau qui passait au pied des dites aubarées » — C'est le ruisseau qui
coule encore de la Grand-Font. — « Et, d'autre part, j'entendais la voix des
» oiselets qui étaient sur les dits aubiers. »

Et, plus loin, après avoir parlé des ébats des chevreaux et des brebis qu'il
percevait dans la prairie, de l'autre côté de la Charente, il ajoute :
« J'aperçus plusieurs choses qui sont déduites et narrées au psaume sus dit
(le 104e) car je voyais les connils (lapins) jouants et penadants le long de la
» montagne des Roches). »

Saintes, imprimerie Hus,
propriétaire du journal le *Courrier des deux Charentes*

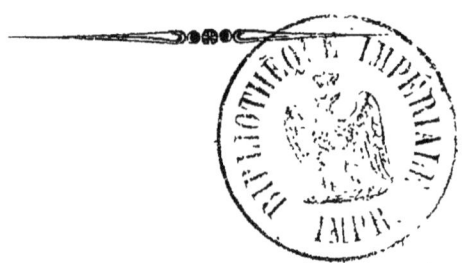

www.ingramcontent.com/pod-product-compliance
Lightning Source LLC
Chambersburg PA
CBHW061422170626
46811CB00005B/2084